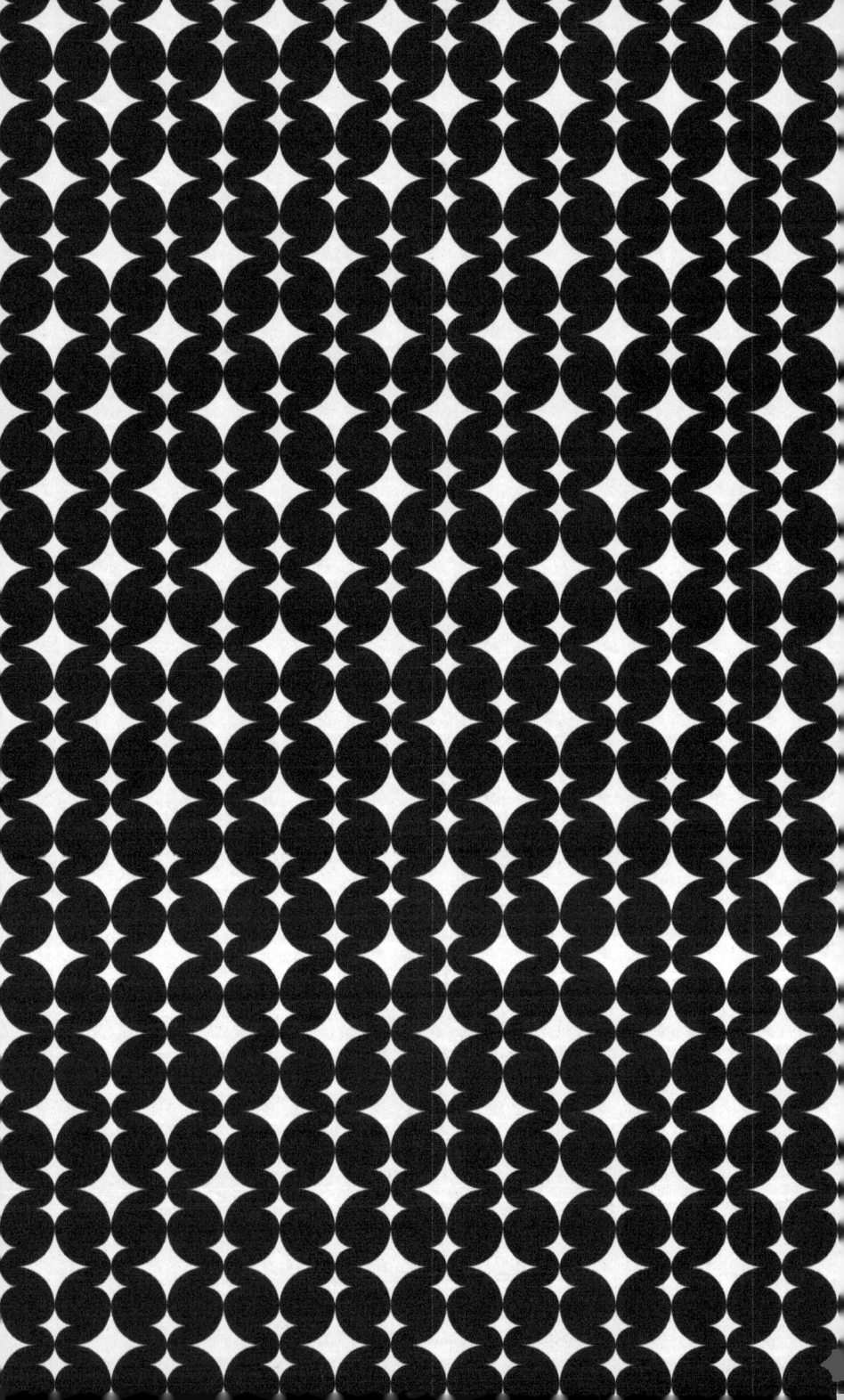

Adulta funcional

Editorial Dos Bigotes

Adulta funcional

Gloria Fortún

dosbigotes

Primera edición: febrero de 2025
Segunda edición: mayo de 2025

ADULTA FUNCIONAL © 2025 Gloria Fortún

© de esta edición: Editorial Dos Bigotes, s.l.
 Publicado por Editorial Dos Bigotes, s.l.
 www.dosbigotes.es

ISBN: 978-84-128622-8-7
Depósito legal: M-1087-2025
Impreso por Safekat
www.safekat.com

Diseño de colección: Raúl Lázaro
www.escueladecebras.com

Índice

Adulta funcional 13

Hay escritoras 15

Poesía 17

Timing 19

Canción de la guerrera 21

El barrio de los hijos muertos 23

San Diego Girls Rock My World 27

Ante tu caja de fotos 29

Autobiográfico II 31

Autobiográfico III 33

A mí me lo ha dado todo mi cuerpo 35

Año nuevo 37

Parece que esto será así 39

Es otoño 41

Doble de riesgo 43

Gramática 45

Sustrato para cactus y otras plantas carnosas 47

Vulnerable y salvaje 51

Hija 53

Mermelada a medianoche 55

Besarte 57

Por si acaso (demasiado edition) 59

Tenías que haberte callado los versos 61

Un final sin visos de final   63
Está mi roto corazón tan   65
Ese lado   67
Vivir encuerpada   69
Querida Mary Oliver   71
Construye una soga con sus cuerdas vocales   73
Manos arriba   75
Un mes sin fumar   77
Justo ahí   79
Cambio de planes   81
Tú y yo   83
Todo esto pasará   85
Otras formas de estashar   87
Cuántas veces en tu cara hoy   89
Me gusta   91
Me gusta decirte y al decirte   93
La copa menstrual hierve en un cazo   95
Oración del Despertar   97
Madre poeta   99
Plaza de España una mañana de terapia   101
Condescendencia y fuck you   103
La muerte de mi padre   105
El abrigo de mi madre   107
En el sujetador   109
Horizonte   111
Invocación a la Mujer de Fuego   113

Para Marina de la Hermosa y Loreto Ares por el horizonte.

Es tan difícil prestar atención al Alma. Mi madre es vieja, mi hija se hace mayor y mis sentimientos son tan antiguos. Por aquí otoñea el verano y yo me afano por tener la colada limpia, las facturas pagadas, el coño tranquilo y los animales que me habitan a raya. Pero no siempre será así, me susurra mi erotizada loba interior. Me lamo los dedos llenos de tinta y otros jugos y me preparo para rugir.

Adulta funcional

Poner lavadoras y llorar.
Poner lavadoras
y llorar
con la ropa limpia.
Toda la familia tiene
la ropa limpia.
Aguja y tejado derrumbados,
¡Notre Dame doméstica!
Roja choza en ruinas,
roja choza que late
al ritmo de un tambor espumoso.
Loza
con café, con cereales,
con lo que necesitéis,
que te duele la tripa,
pues con manzanilla.
Deshacer la bolsa húmeda
entre los dedos.
Camomila entre los dedos
y llorar.

Madre de tu madre,
madre de tu hija,

madre de ti misma,
hija de tus letras,
que te crean y te envuelven.
Abecedario amniótico
para los pulcros desiertos
catedralicios
diurnos.

Hay escritoras

Hay escritoras,
lo leo en las solapas de los libros,
que viven a caballo
entre París y Nueva York,
pero que no tienen caballo. Yo
si tuviera un caballo
iría por las praderas, libre, libre, y
debajo de mi sombrero habría
paz mental,
que no sé qué es, pero
suena tan hermosa
como las puestas de sol
que dejan a los cactus temblando.
Hay escritoras
que no dedican poemas
cuando se enamoran
y les va muy bien,
el médico que fue a su colegio
una repugnante mañana de otoño
a la hora del recreo
escribió en su ficha que eran atléticas,
en la mía marcaron
con un hierro al rojo vivo

que era pícnica,
un sello de granja,
no te explicaban qué quería decir
pero sabías que era peor. Yo
si fuera una vaca también
dejaría un puñado de hierba fresca
junto a mi amor bovino
y la hierba rimaría.
Hay escritoras
que sufren mucho escribiendo,
lo pasan fatal, yo
si sufriera mucho escribiendo
me haría barista y
le pondría a ella un dibujo
con espuma de leche y mirad,
por ahí va esa tierna camarera pícnica
mugiendo a caballo.
Y le va muy bien.

Poesía

Si tiene trece
y empezó el colegio
a punto de cumplir tres
llevo diez años
haciéndole bocadillos para el recreo
a primera hora de la mañana.
Al final,
esto es Poesía.
Me paso la vida
escribiendo palabras
y más palabras.
La única que
en el fondo
quiero decir
siempre es Amor.

Timing

Digo que estoy llena de textos,
tú me replicas que de pretextos,
que la vida tiene un timing, me insistes,
me entran ganas de vomitar.
Sabes, aunque te resulte difícil de creer
se puede llegar a los cuarenta
sin saber unas cuantas cosas:
conducir
la diferencia entre bruto y neto
lo que te hace sentir un tío.
Yo aquí estoy.
No tengo
ni hipoteca
ni coche
ni ahorros
ni idea.
Pero me he construido una casa de palabras.
Una casa de palabras.
Me he construido una casa de palabras.

Que le jodan a tu timing.

Canción de la guerrera

Despierta, guerrera, escúchate, sí, a ti.
Cuéntate, prepárate, sí, tú.
Encuéntrate, encuéntrate, encuéntrate.
Regresa a tu centro, encuéntrate.

Cuéntate, no con las historias que te hicieron sierva.
Tampoco con nuevos relatos que te conviertan en ama.
Recuerda, recuerda, recuerda
lo que se narra alrededor del fuego que hay dentro de ti,
lo antiguo, lo que llegó al mundo contigo.
Vuelve a ti, renace, sí, tú.

No al cielo donde los pájaros se llevan lo que nunca ha sido
para alimentar a sus polluelos de tiempo.
No al suelo donde tu propia sombra se desliza como una
     faquir
sobre las púas de la vida impuesta.
Al horizonte, la vista fija en el horizonte.
Llora, camina, come, descansa, sigue.

Traza tu camino poético. El tuyo.
Deja que el universo se haga cargo de algunas cosas.
Cae sobre mil manos amadas

con toda tu pena, no te soltarán.
Recuerda sentir los sentimientos,
siente, siente, siente.
No te empeñes en hacer, siente.

Ponte en pie, guerrera,
tu primera casa fue la oscuridad
del vientre de tu madre,
así que nace todas las veces que haga falta,
te recibirán mil manos amadas
que no te soltarán.

El sol sale igual para una hormiga que para ti,
píntate las mejillas, conoce tu lugar en la tierra, acepta que
    el infierno es un telón.
Acaríciate la tripa tierna, el cabello ya encanecido, la
    generosidad de tus pechos,
ámate y ama.
Confía en tu cuerpo. Desea.

Baila, escribe, bebe, respira, sigue.
Desea. Traza tu camino poético,
empieza en ti y acaba en los brazos del misterio.
En pie, guerrera, lo tienes todo.
Regresa a tu centro, encuéntrate.

El barrio de los hijos muertos

Teníamos una sandwichera de la teletienda
el queso se derretía y se pegaba en el aparato
me comía los dos triángulos viendo *Los problemas crecen.*
Un día me fumé un porro con Elena, fue el primero
en un escondite entre edificios que llamábamos El
    Pasadizo
no me gustó y lloré salió un vecino a preguntar qué hacéis
Elena dijo merendar y le enseñó un dónut
después me dejó en casa y vi *Los problemas crecen*
yo quería una familia regida por tramos de media hora
sermones abrazos y mantequilla de cacahuete
al menos abrieron un Blockbuster cerca
y podíamos fingir que éramos de Long Island.
Mi madre tenía una amiga que se llamaba Elsa
como mi profesora malvada así que
cuando venía Elsa a casa me escondía
debajo de la cama pero me explicaron
que no era la misma persona
después Elsa se volvió loca
la amiga de mi madre no la profesora malvada
porque un hijo suyo se murió
por la droga de los ochenta
tira mierdas de perro a las casas de los vecinos

la amiga de mi madre no su hijo muerto
pero nadie dice nada porque les da pena.

Con eso y monedas de veinticinco pesetas
para gastar en el kiosco que lleva una tuerta
crecemos las niñas del barrio aprendiendo
todo sobre sexo en la Super Pop
y todo sobre hombres sacando al perro
siempre puedes contar con uno que te enseñe la polla
cuando eres una niña
que saca al perro
en uniforme
después del colegio
pero era mejor eso que pasar delante
de la terraza de la plaza
antes un descampado donde mi hermano
quemó mi osito de peluche cuando yo
era tan pequeña que tenía
mocos secos en la rebeca
quemó mi osito de peluche
para tener amigos
digo que era mejor eso que pasar delante
de la terraza de la plaza
y ver a mi padre borracho y bueno
porque su hijo se había matado en un coche
borracho y bueno abrazándome
mi mujercita dame un beso dile a mamá
que ya voy
mejor las pollas y los porros
y Luis Velasco que era guapo y robaba chupas
o eso solo fue en la historia que escribí

ya no me acuerdo
pero Elena acabó enrollándose con él
en El Pasadizo
mientras yo me tocaba pensando en
mi profesora de literatura
que una mañana vino triste
y lanzó *Follas novas* al suelo
que os calléis de una vez
mientras Rosalía de Castro daba tumbos
un día coincidimos en la panadería
y no me atreví a recoger el encargo de mi madre
para la comida familiar
porque me daba vergüenza que creyera
que era una glotona
nos pasa a todas las gordas
volví a casa y recibí una bofetada de mi padre
sobrio y malhumorado
a Kirk Cameron jamás le habrían dado una bofetada
tres barras, una docena de pastelitos y una bolsa
de patatas fritas por favor Amparo gracias
que viene mi abuela
y me dará la paga.
Y los domingos seguiré yendo a misa hasta
que se muera el padre José
me confesaré con olor a colonia
de sacerdote, masculina y diocesal,
diré he
desobedecido a mis padres
me he
peleado con mi prima
la perfectita

he
dicho palabrotas
rezaré los tres padrenuestros y nunca
me sentiré exonerada porque me he callado
lo de frotar la pastilla de jabón entre las piernas
frotar hasta que ocurre algo maravilloso.

Creo que eso es hacerse mayor
empezar a tener
algo que ocultar
de pronto reparar
en que esto
no se lo habría contado
ni a mi hermano
si estuviese vivo.

San Diego Girls Rock My World

Siempre serás demasiado importante,
como todo amor a los doce,
cuando lo que ardía carecía de nombre
y los secretos estaban en inglés
en esas revistas para chicas
que traías de USA.
SuperTeen, Bop, Tiger Beat,
cierro los ojos y pienso en ti
—treinta años así—
llevas jersey verde y falda escocesa
y me buscas en el patio del colegio
y me escribes notas con boli negro
y yo te respondo con azul
y Bea se las pasa a Miguel y Miguel
a Juan Pablo y Juan Pablo a ti.
Comentabas ayer
—reencuentro adulto,
las hijas que no compartimos en casa,
la geografía en orden y
la posibilidad de retomar 1990—
que ojalá poder vivir dos vidas
y yo te digo:
dejémoslo en tres.

En una sí fuimos al Blond Ambition juntas,
¿vale?
y nos besamos en «Papa Don't Preach»
y sabías a peanut butter and jelly
como buena niña norteamericana.
Vale.
En la tercera vida fuiste mi primer beso,
inauguraste mi boca
y mi deseo por las mujeres,
y nuestro beso creció para ser
todos los besos que hemos dado,
igual que mi amor por ti creció para ser
todas las veces que he amado.

Ante tu caja de fotos

Entiendo ahora
que siempre seguí tus pasos
botas negras arrugando las mallas contra las que se
    clavaban
piernas pues de duende criminal

me senté en las mismas escaleras de la Plaza de Chueca
y tal vez me fumé la colilla de tu porro
me tocó el mismo asiento de ese teatro de Malasaña
mi brazo frotándose contra las partículas de tu jersey
me aliené en el mismo resort de familias felices
donde tú acariciabas soledades y planeabas asesinatos
robé pilas y un cd de Mecano
en el mismo hipermercado en el que delinquías tú
desabroché mi primera blusa
en el mismo callejón del barrio en el que tú bajaste tu
    primera cremallera

y estoy segura de que un día te vi
creo recordarte
eras tan mayor y tan guapa y tan mala
y pensé lo mismo que pienso ahora mientras me enseñas
    tu caja de fotos

poniéndote y quitándote las gafas
lo mismo que pienso ahora
pero ahora todo acumulado
por culpa de haber tardado tanto tiempo
en alcanzarte.

Autobiográfico II

Nací al mismo tiempo que las flores,
de niña tiraba de la corola de las campanillas
y chupaba su néctar dulce
(tal vez por eso amo a las mujeres).
Soy poeta porque vivo en Madrid,
si viviera en Texas sería vaquera,
y si viviera en un puerto sería pirata.
Fumo y no debería,
no me enfado y debería,
tengo una hija
y todos los días le preparo
un bocadillo para el recreo.
Fui a un colegio bonito
y a un instituto feo
y pertenezco al grupo sin nombre
de las que perdimos a un hermano.

Autobiográfico III

gloria gloria gloria
gloria gloria
Gloria
a quince kilos la letra
(más el apellido)
si hubiera nacido sioux
el alfabeto pesaría como las plumas de su cabeza
y se llamaría algo así:
La Que Cuenta Lunas
Melena Que Cabalga
Pechos de Sol
Osa Estrepitosa
o Llamita de Tristeza

A mí me lo ha dado todo mi cuerpo

Yo, la verdad, estoy hasta el mismísimo,
no sé vosotras.
El puto trauma que es en mi vida la gordofobia.
No la gordura, eh, la gordofobia.
¿Por qué no me salen llamas por las orejas,
por la boca, por el coño,
por el ombligo blancucho
que cubro con un bañador de cuerpoentero
todos los veranos?
Que mi cuerpo maravilloso,
con el que camino, abrazo, follo y bailo
haya sido toda mi existencia,
mi breve existencia en este mundo,
vergüenza.
Algún día arrasaré con todo,
luego llamaré a mis amigas gordas
y brindaremos.

La gordofobia no solo en la gente cabrona
que todes conocemos,
también en las sillas enclenques del bar cuir,
en la ausencia de tallas de la ropa justa
(lemas feministas incluidos),
en las bolleras que con gordas no.

A mí no me ha jodido nada mi cuerpo.
A mí me lo ha dado todo mi cuerpo.

Año Nuevo

Se tapa mi ciudad con el sol de invierno
el calendario de mi pared se convierte en un billete en
    desuso
salgo al frío deslizante de la calle
aún duermen todas las cafeteras del mundo
nos cruzamos cuando ella tuerce la esquina y yo la
    enderezo
ella venga a torcer y yo venga a enderezar
no la reconozco hasta que se escucha el crujido
me agacho para recoger los trozos de camino
ella venga a romper y yo venga a recoger
la miro alejarse con ese gesto tan suyo
las manos en los bolsillos del abrigo y el susto
con que siempre apoya los zapatos en el suelo
tan suyo y ya nunca más mío
son las pequeñas ignorancias
no saber con quién celebró ayer
ella me diría qué más da es una noche como cualquier otra
yo le diría importan los rituales y acordarse de alguien a
    las doce
ella venga a qué más da y yo venga a rituales y acordarse
son las pequeñas ignorancias
y el sol de invierno

y reparar en que no fue de ella
uno de enero de mi año cuarenta y cinco
estoy despierta despierta con la cara fría
alejándome yo yo sin miedo a pisar
a dejar cosas quebradas hechas trizas
tan suyas nunca más mías
una risa de mujer inmensa adulta que se da cuenta
de que no fue de ella no fue de ella de quien se acordó a las
    doce.

Parece que esto será así

Parece que esto será así:
nunca conoceré una ciudad
como conozco Madrid
nunca me lanzaré
en paracaídas
nunca pariré
nunca la besaré
nunca seré delgada
nunca viviré
sobre la rama
de una secuoya.
La noche me catarata
pienso extranjera
al desvestirme al cepillarme
en el presente de mi futuro
me precipicio
cuando mi hija
se mete en mi cama
y se encaja contra mi
mullida carne.
Hay amor me digo
y es
un árbol gigante.

Es otoño

Es otoño
hace frío
y no amo a nadie.
No estoy triste
como nueces
y manzanas
camino
mis alas plegadas
aún hay poesía.
Trabajo
sangro
me dejo acariciar
por la página
del libro
que se desliza
cuando me adormilo.
Los árboles
los edificios
el banco desteñido
donde me siento
y no espero.
La ciudad
que tampoco ama

a nadie
que como yo
aun así
prepara su invierno
para la primavera.

Doble de riesgo

Si dejo de ser la que
salta de los edificios para que
las demás no se
hagan daño
Quién
soy.

Gramática

Acaricio dos adverbios
en esta prehistoria nuestra
en este sábado tan lleno de miércoles
en esta tarde que se desanubla a jirones
en esta semana gramatical
tan poco cuerpo aún
en esta frontera nuestra
en esta coincidencia de cristal
en esta sonrisa táctil
en esta fragilidad osada.

¡Gloria, materializa!
Que tus queridas palabras
sean sendero y no sentencia
que ella siga siendo una mujer
que hace cosas normales
como conducir
pasear con su madre
perder las gafas de sol
tener frío
dudar
cosas normales
pero hechas por ella

de quien nada sabes
salvo que sí.

Arroparse de fantasía
enviarle un viento besado
el seguro refugio
del miedo arrogante
carcajadas alfabéticas
y mensajes sin poros.

Acaricio dos adverbios
y tan poco cuerpo.
Aún, sí.

Sustrato para cactus y otras plantas carnosas

Te he querido llamar varias veces hoy.
Amiga.
Sabes cuando se me cierra la garganta se me cierra el
   coño.
Cuando pierdo mi lengua pierdo mi pálpito.

Amiga.
Se ha muerto —creo— la planta que me regalaste.
Sostuve el pequeño tiesto
en una mano
esta mañana
mientras el mar sonaba al otro lado de la ventana
(o era el tráfico).

Amiga.
De forma unilateral
como todo descariño
se ha muerto
(o tiene salvación)
la planta que me regalaste.

Puesto que yo tengo la culpa
—la regué demasiado

o la regué poco—
hoy no me han dejado estar triste.

Te he querido llamar varias veces hoy.
Amiga.
Pero ya no estás
—fui demasiado
o fui poco—
y ya no estás.

Dice google compra sustrato
sustrato para cactus y otras plantas carnosas
corta las raíces podridas
corta
las
raíces
podridas
y a ver si hay suerte.

Te he querido llamar varias veces hoy.
Vuelvo a casa con un saco verde
—sustrato para cactus y otras plantas carnosas—
dejo un rastro de tierra negra
por la playa
(o es la acera).

No todo tiene salvación
pero yo hablo a su lado digo no te mueras digo preciosa
hablo me abro de piernas
y se hace de noche.
Amiga.

En cambio
si yo me muero
lo último que me habrás dicho será
no quiero tu amor.

No hay sustrato capaz.
Corta las raíces podridas.

Vulnerable y salvaje

Vulnerable y salvaje
como una leona que ha sido
atacada por las hienas
y ha sobrevivido.

Hay un rugido que me llama.
Me despeino para oírlo mejor.
Vienen tiempos de fuego.
Dadme tinta.

Hija

No puedo decirte
sangre de mi sangre
pero sí puedo decirte
Corazón de mi Corazón.
Compartir este órgano prehistórico
es el vínculo más fuerte.

Mermelada a medianoche

tú no estás y ya no sabes por dónde ando
antes te hubieras enterado de que hoy he estado en
   Malasaña
pasé por el mismo sitio
en el que hacía fotocopias para la uni hace veinte años
había un cartel que decía sabes que llevamos tres décadas
   abiertos
y estudiantes con apuntes que desconocen aún
que con cuarenta y cinco te hundes igual
ay amiga
se ha caído mi esperanza por las escaleras
ha fingido que no le ha dolido
ha seguido andando por la calle del Pez
aquí me comía una sopa gumbo aquí había un videoclub
aquí lloramos por el final de *Dawson's Creek*
no soy su amor
ay amiga
y tú me hubieras dicho
antes de dejar de estar de mi parte
porque ahora me dirías
si es que siempre te metes en estos líos
te lo tengo dicho te lo tengo dicho
pero antes de dejar de estar de mi parte

me hubieras dicho
no te preocupes amiga
y hoy te extraño
se ha hecho invierno en medio del verano
se ha caído mi esperanza por las escaleras
dice que no le duele pero cojea
ya no somos grunges
pero cojea pobrecita
he cenado un desayuno para encontrarme mejor
y tú estarías sacando una bolsa de guisantes del congelador
fumaríamos en la terraza
la puntita del edificio de Telefónica a lo lejos
quizá una caña en el Dos de Mayo
pero no sabes que se ha caído mi esperanza por las escaleras
mermelada a medianoche
no soy su amor

Besarte

Besarte
es tumbarme
en el alféizar
de la ventana
del último piso
de un rascacielos
a mirar las perseidas.
Soy un pichón
de niña loba
en un agosto
arriesgado
experta en aullar
aprendiendo a volar.

Por si acaso (demasiado edition)

entregué a cada una de ellas una esperanza pequeña
pero cuando se juntaron se convirtió
en una esperanza gigante
no están acostumbradas a que nadie
les prometa nada
la gente no promete mucho
por si acaso no puede cumplirlo
tampoco se dice te quiero con frecuencia
por si acaso se pasa
se pasa
como si fuera un resfriado
o la tristeza de noviembre
así que yo
como estoy loca
y prometo
y digo te quiero
valgo como un destello inolvidable
pero prescindible
como un incendio que no estorba
ni arrasa
así que yo
que otra vez creí que lo habían vislumbrado
la solidez de mi entusiasmo

la verdad de mi amor
el cobijo de mis manos mudas
así que yo
me subo en el globo de su esperanza gigante
hecha de esperanzas pequeñas
así que yo
me vuelvo a alejar
por los cielos
por si acaso
así que ellas
miran hacia las nubes
y agitan sus manos
despidiéndose de mí
que era demasiado grande
que ocupaba demasiado espacio
demasiado demasiado demasiado
demasiado demasiado demasiado
demasiado demasiado demasiado
despidiéndose de mí
con los pies
en el suelo
muy en el suelo
por si acaso

Tenías que haberte callado los versos

Tenías que haberte callado los versos,
amordazado a esos malditos pájaros,
neonata confiada de obtuso corazón naíf,
tenías que haber percibido su frialdad
de isla en isla,
como una apetencia ligera
o una melancolía despreocupada
divisada desde la playa
como la aleta de un tiburón malévolo
o un meteorito insumergible,
ajena a tu verano
que has sido capaz de atravesar,
incauta kamikaze guiada aún
por las coordenadas de la ternura,
qué bien te vendría, ilusa de ojos brillantes,
un electroshock de cinismo,
la sabiduría anciana del diablo,
tenías que haber tapiado tu buzón,
ya nadie escribe cartas,
incurable aliento novelero, cándida alienígena,
ajena a tu pena
que has sido capaz de atravesar,
ajena a las plantas de tus amigas,

las que has regado
mientras caducaban tus billetes de tren,
ajena al granizo que ha borrado
su beso repentino de tu mejilla,
siempre fuiste un estorbo cálido
que no estaba de más en su invierno,
nada más que eso, pero tú,
poeta amnésica, inerme embaucada,
cetrera de azores desorientados,
no pudiste callarte los versos.

Un final sin visos de final

Será tremendo y será de pronto.
Seré la última en enterarme.
Y yo,
pues aprendí a amar de mi madre,
guardaré una fútil ausencia como ella
me guarda recortes de prensa.
Será tremendo y será de pronto.
Lo comprenderé demasiado tarde.
Y yo,
pues aprendí a vivir de un hermano muerto,
no habré reservado nada,
nada,
para el camino de vuelta.
Será tremendo y será de pronto.
Un final sin visos de final.
Me despediré creyendo que respiro
sin saber que se llevaba el aire.
Me despediré creyendo que camino
sin saber que se llevaba el suelo.
Me despediré creyendo en el futuro
sin saber que se llevaba el tiempo.
Será tremendo y será de pronto.
Será escarmiento y no para tanto.

Y yo,
pues provengo de incauta estirpe,
seré branquias alas y horas.
Será tremendo y será de pronto.

Está mi roto corazón tan

Está mi roto corazón tan.

Si es que luego te avisto y se me resbalan los propósitos. Ay.
Mi firmeza es una recolección de posidonia.

Ya sé lo que debo hacer, no tengo veinte años.
Tumbarme como una caracola vacía,
dejar que las oleadas de pena se cansen de transcurrirme,
mover los brazos arriba y abajo para parecer más grande,
dar miedo a los tiburones.

Con la misma energía que hace brotar el coral en las rocas
y a los mújoles de su sueño invernal
desperté de mi nieve con las manos calientes para llegar
     a ti.
¡Todo el ruido que he hecho al amarte!

Tu flamante arponería de afilada indiferencia.

Ya sé lo que debo hacer, no nací ayer.
Guardarme el brillo de las escamas,
no cambiar mi voz por piernas,
volver al pecio,

mullidos salvavidas desinflados, vino sin vino, alhaja sin
    cuello,
el corazón todo mío.

Pedazos el todo por océano repartidos.

Recomponerlos, no caer en la tentación de faro.

Si es que luego te avisto y se me sumergen las boyas. Ay.
Mi firmeza es una escalada por el musgo.
Pero.

Ese lado

Me duele
a la derecha del cuerpo.
El pie
la pierna
el ovario
la teta
y otitis.
Llevo un zapato
de abuela
transpirable
y con plantilla.
Un calcetín
calentito
y un pezón
almendrado
con aceite.
El del corazón
a la izquierda del cuerpo
con una bota
media falda
pecho seco
rizos díscolos
ese lado
ni lo siento.

Vivir encuerpada

¿Cómo sería yo ligera?
Si tomase decisiones impulsivas
sin ingeniería mental agorafóbica,
si no experimentase
navajazos repentinos de tristeza,
si no tuviese
una niña llamándome desde dentro.
Estaría desconectada de mi cuerpo.
Y mi cuerpo me ha salvado.
También me dicta los poemas.

Querida Mary Oliver

A veces no es un suave animal querida Mary Oliver
a veces es un áspero cocodrilo domesticado
boqueando en la cocina de una casa
en el vagón de un metro
en la concurrida calle donde te sientes gorda y vieja
como si alguna de esas dos cosas fueran feas.

Construye una soga con sus cuerdas vocales

(Si no me miras
no tengo manta.)

Solía flotar pero ahora me caigo,
¿de qué estoy hecha?

Construye una soga con sus cuerdas vocales. Hazlo.
Mírate.
Cuarenta y seis años y aún
con las putas astillas infectadas   sus voces
sarcasmo, lo describiste en terapia,
pero no sé   socarronería   burla
                ya estás con tus cosas
clavadas purulentas lastres queman ay.

Cuarenta y seis años.
Los ojos cerrados la cara caliente el sol la brisa y
sus voces sus carcajadas su forma de
                hablarte
                como si hablaran de otra
                y tú fueras cómplice
                de su campaña.

Construye una soga con sus cuerdas vocales. Hazlo.

Mírame.
Si no me miras
no tengo manta.

(Y yo que he hecho la comida
he tenido tres orgasmos con el satisfyer
sopa de verduras lista de la compra y quizá
somewhere in England hay una papi
con su gorra de béisbol la coleta rizada
saliendo por la ranura del cierre
cortavientos y una chulería de morirse
que se volvería loca con mis.)

Mírame.
Cuarenta y seis años.
Besarte   saberte
a algo tuyo.
Recuérdalo cuando me cruce contigo
o te pida saliva de cerveza o cigarro
que esta asesina   ahorcadora   congelada
(tápame)
se volvería loca con tus.

Manos arriba

Tienes derecho a mantener los pies en el suelo
todo lo que hagas podría ser utilizado como un verso
advierten las fuerzas del desorden en mi reino.
Quizás aquí sí que necesitarías esos conocimientos
acerca de las arenas movedizas,
amiga estelar,
aquí es tan antojadizo, salvaje y silencioso
aquello que nos sostiene.
Bueno, de todas formas
es que sonrías
ni siquiera que me sonrías
que sonrías
y nunca he sido tan celeste
nunca ha quedado tan desatendido el suelo
del que soy soberana.
Baja de las estrellas y toma las llaves de hija
predilecta
enseña a la reina cómo se agarra una a la rama
para no ser tragada por el barro
o por el universo
en ambos casos
sí que necesitarías esos conocimientos.

Un mes sin fumar

Hay algunos cigarrillos
que echo de menos
más que otros.
El de después de estar contigo,
por ejemplo,
sentada yo en un banco de la calle,
incapaz de volver a casa
—milanos revoloteando
en el cielo azul
de mis pulmones—
recordando que hoy te parecías
a Alanis en «Ironic»,
sí, ese, el de después
de atravesar el mundo
en un vagón de no fumadoras
para que mi amor,
mi amor sano, que no carraspea
ni levanta humo
ni deja ceniceros sucios
ni huele a American Spirit,
para que mi amor
—incordio tierno—
juegue entre algarrobos locos

se canse
y duerma durante todo
el viaje de vuelta
y mi boca de menta desbesada
de antigua dragona devenida en osa
de poeta aséptica,
de fruta entre horas,
mi desangelada boca
tire de mí ahora
que puede esforzarse
sin resoplar
y me levante del banco
donde no fumo
después de estar contigo.

Justo ahí

Justo ahí,
en esa cuevita de mi costado,
justo ahí se está en el cielo.
O eso dicen las buenas lenguas.

Cambio de planes

Si fuera de las peinadas, de las templadas, de las delgadas,
si fuera de las que no toman café por la tarde, de las que
    nunca hablan más de la cuenta, de las elegantes,
si fuera de las que se lo piensan, de las que nunca quieren
    postre, de las que emparejan sus calcetines,
si fuera de las que ahorran, de las que no se compran un
    cuaderno sin llenar el anterior, de las que siempre
    acaban los libros que empiezan,
si fuera de las guapas, de las que bailan bien, de las que
    saben hacer la declaración de la renta,
si fuera de las razonables, de las que pueden acostarse sin
    decir la última palabra, de las que nunca estallan tazas
    contra el suelo,
si fuera de las que van al gimnasio, de las que llevan cuello
    alto, de las que saben ir por la m30,
si fuera así, ¿me querrías? ¿Me dirías «pase lo que pase
    mañana, nosotras seguimos con el plan»? ¿Me dirías
    «tú eres mi isla», «tú eres mi cueva», «por mí que el
    mundo se vaya a la mierda»?
¿Cambiaría algo que fuera comedida, que me acordase
    siempre de ponerle el candado a la bicicleta, que no te
    mirase el culo, que le diese una oportunidad al recato?
¿Cambiaría eso el hecho de que mañana hará más frío

en Madrid, cambiaría tu miedo, se resolverían todos los
    misterios, cambiarían tus ríos, se moverían los
    adoquines de nuestra pobre ciudad llena de amor?
Mira, ya lo sé, dijimos que colgaríamos los hábitos, que
    dejaríamos las calles y los pañuelos morados, que
    haríamos dieta, que tendríamos un huerto y que
    conseguiríamos chaquetas gruesas y lustrosas,
pero mira, dame la mano, vas a necesitar que sea grande,
    que te haga café y que esté a tu lado, perdidas en la
    autopista, escupiendo por la ventanilla, con una bomba
    en el maletero y una canción de reserva,
para bailarla mal,
muy mal,
cuando mañana haga más frío en Madrid
y tengamos que cambiar los planes.

Tú y yo

Yo soy de carne
Tú eres de hueso
Tú eres de prosa
Yo soy de verso
Yo voladora
Tú una señora
muy elegante
y algo distante
(intento imitarte
y es un desastre)
Tú previsora
Yo tentadora
Tú coherente
Yo caliente
me besas el cuello
en mi coño un destello
me entrometo en tu camisa
te mueres de la risa
me muerdes los michelines
te arranco los calcetines
tuve sueños profanos
y ahora tu culo en mis manos
después comeremos al lado

y tendré el pelo enredado
Tú serás la más guapa del bar.
Yo tendré que volverte a follar.

Todo esto pasará

Un día me sentaré en la hierba
y tú te sentarás a mi lado.
Qué día, qué día, comentaremos
y te tumbarás
una flor amarilla se enredará en tu pelo
y me tumbaré a tu lado
y te preguntaré
mi meñique casi rozando tu meñique
una flor amarilla entre medias
y te preguntaré
¿te acuerdas
de aquellos días?
de aquellos meses, me interrumpirás
pues eso, ¿de aquellos meses
la fiebre las montañas el cansancio los poemas?
aún me escribes poemas, me interrumpirás
pues eso, ¿te acuerdas?
Y tú sonreirás
justo en ese momento
convocado por tu boca
llegará el verano
el tren
un corzo

o lo que sea que tenga que llegar
sonreirás y dirás
no
no me acuerdo.

Otras formas de estashar

Cuando no sé qué hacer
con mi deseo
a veces hago gashetas
sin ingredientes animales
salvo mis dedos.
Te hablaré de mis dedos
se sumergen en la masa
de avena y aveshanas
cuando no sé qué hacer
con mis dedos.
También escribo poemas
y lamo el bolígrafo
hago que mi lengua
gire a su alrededor
—qué bonito
no, vos dirías
qué lindo,
pues qué lindo
que todo tenga
un alrededor propio—
resheno páginas
cuando no sé qué hacer
con mi lengua.

Y como hace frío
me clavo desnuda
a mi ventana y mis pezones
se endurecen
imagino que tus manos
estarán frías
al volver de la cashe
y querrás calentarlas
cuando no sé qué hacer
con mis pezones.
Pero aquí se acaba
esta historia
porque hay bombas
que solo estashan
con la terrorista adecuada
—a mi alrededor
sobre mi alrededor
dentro de mi alrededor—
así que de eso no te hablaré
cuando no sé qué hacer
con mi arsenal
cuando no sé qué hacer
con mi deseo.

Cuántas veces en tu cara hoy

Cuántas veces en
tu cara
hoy
y tú niña en verano
niña en barbacoa
niña en feria
mazorca entre los dientes
helado
algodón
tú niña
llena y golosa
con la boca sucia y dulce
sudor
flequillo adherido
regañada y risueña
con aire de siesta
de postre y café
postre
postre
cuántas veces en
tu cara
hoy.

Me gusta

Me gusta cómo te cae el pelo por los hombros y me gusta
   cuando te lo recoges (para comerme el coño).
Me gusta que no puedas evitar comerme el coño (olisqueo
   las sábanas después).
Me gusta que tu coleta sea buenas noticias y me gusta
   que lleves jerseys de niña buena (tatuajes debajo).
Me gusta que tus pantalones parezcan una persona
   escondida debajo de la cama (llevan calcetines).
Me gusta apoyarme en tu jersey cuando te abrazo
   (quítatelo, niña buena).
Me gusta que no sepas pronunciar heartbreaker y me
   gusta que canceles tu clase de inglés (yo te enseño, yo).
Me gusta que te desprendas de las bragas los vaqueros y
   los calcetines al mismo tiempo (parecen una persona
   escondida debajo de la cama).
Me gusta que si me comes una también me comas la otra
   para que no tenga envidia (eat ate eaten).
Me gusta preguntarte si te aplasto y que digas no no no
   (y sí sí así).
Me gusta que desaparezcas dentro de mi camiseta 5XL
   y buscarte con la mano (qué guapas estamos después de
   follar).

Me gusta lo guapas que estamos después de follar (tatuajes mojados debajo).

Me gusta ser la asesina en serie que vuelve a la escena del crimen (olisqueo las sábanas después).

Me gusta decirte y al decirte

Me gusta decirte
y al decirte
empaparte.
Y luego
lamer
el resultado.
Palabras licuadas.

La copa menstrual hierve en un cazo

La copa menstrual hierve en un cazo
te fumas un cigarrillo en la cocina
en el salón hay una fiesta de pijamas
una niña quiere dormir las otras saltan
piensas en decirles vais a romper el sofá
pero qué coño que lo rompan
otra cosa más rota en esta casa.

Quién te amará ahora
en esta noche de urgencias púrpuras
ahora que no mantienes a raya
a ninguna de tus niñas
quién aliviará el vacío
que han dejado en tu pecho
besándote bajo la camiseta
como quien busca una ventana.

Que ella inaugure tu hogar desconchado
que se quede a desayunar en tus tazas
que la boca y los dedos le huelan a ti
que se encuentre con una osa en el baño
y no se vaya
que pienses en decirle si quieres irte vete

pero qué coño que se quede
que tus niñas se le suban por la espalda
que se recuesten en su escote
y no se vaya.

Oración del Despertar

Una lengua sobre el envés de mi mano
un cosquilleo anhelante y canino
me ha devuelto a salvo de la noche.

Gracias, Fuego en Mí, por Otro Día.
Es mayúsculo escuchar
las ruedas de los cubos de basura
el coro de cafeteras de este edificio
las primeras palabras lanzadas a la calle
como maíz en un corral.
Es tan importante
estar viva y ser mujer, gorrión o brizna de hiedra.
Contar solo por haber amanecido
con la posibilidad de amar
y la elección de no hacer daño.

Me deseo hoy
sentir la pena dentro del cuello
las caricias entre los pliegues de mi carne
y la risa en mis pies.
Me deseo hoy
poner en el mundo un poema para mi cuaderno
un plato ante mi hija

y el edredón sobre mi madre.
Me deseo hoy
agradecer las presencias y acoger las ausencias.
Me deseo hoy
todas las desobediencias posibles
y algún latido extra en mi corazón enamorado.
Caricias a un perro y de una amante.
Me deseo hoy
saberme al deshojar el calendario
parte de la rebelión
y de las que no han matado.
Recordar que la neutralidad espiritual
no existe:
nosotras sí existimos.
Me deseo hoy
el olor del pijama de mi hija
cuando me abraza y se duerme.

Contar solo por haber amanecido
con la elección de agradecer
y la posibilidad de seguir deseando.

Madre poeta

En invierno me levanto a tientas
cuando la noche comienza su baño de humildad
al darse cuenta de que no es eterna.

Busco la forma de abrigarme sin hacer ruido,
no hay manera de dar con los calcetines
y escribo con los pies fríos,
bebo café de ayer
templado en el termo
para no despertar a mi hija,

porque si se despierta
querrá ser mi hija
y yo ahora solo quiero ser
amante precaria
de empeines congelados y coño ardiente,
la nada de nadie,
libertadora de todas las gramáticas
antes de que se desperecen sus amos.

Que abran los ojos
que los abran
y todas las palabras hayan escapado,

que ocurra justo cuando
ese refugio en ciernes
de fugitivas alfabéticas
esa voz dulce que me llama
me convierta en madre.

Plaza de España una mañana de terapia

Plaza de España una mañana de terapia
sus rascacielos algunos días malvados otros neoyorquinos
es la tierra de nadie entre la consulta verde de una mujer
    de ojos claros que me escuchan
y el resto de mi lunes
mientras me pregunto qué permanece y si acaso es lo
    mismo que permaneció la otra vez.

Plaza de España una mañana de terapia con un kleenex de
    papel reciclado
mojado
en el bolsillo
desemboca en el resto de mi vida.

Los poemas no tienen listas:
COSAS QUE PERMANECEN
1. El anhelo por desobedecer (insatisfecho salvo en los
    poemas)
2. La ausencia de miedo a amar (¿sí?)
3. Algo inquebrantable dentro (sí)
4. Un bote de galletitas saladas encima de la nevera
5. Manzanas para leer como Jo March
6. Jo March

Plaza de España una mañana de terapia
mi soledad de treinta y siete pisos Torre Madrid desayunar
   y llorar calle Leganitos darme la vuelta calle Princesa
consulta verde ojos claros
(no, estarás bien).

Plaza de España una mañana de terapia
¿os pasa a vosotras? a mí cada lunes el cansancio el dolor el
   orgullo y una mutación a cachorrilla abandonada
que trota por Gran Vía
desde Plaza de España una mañana de terapia.

Condescendencia y fuck you

«Papá está preocupado por ti, dice que eres una
   pobretona».
Pobretona, ni siquiera pobre. Pobretona, grandona,
   dormilona.
Ni siquiera la dignidad de la mujer pobre, las manos
   ajadas, la casa austera y reluciente, la preocupación
   sabia en los ojos.
Yo, pobretona. Bobalicona. Bolsillos del revés, todo un
   caso.
«Papá dice que eres una pobretona. Jajajá».
                                    Ja-ja-ja.
Las pobretonas nos reímos porque nada nos importa.
¡No tenemos remedio, las pobretonas!

Si se lo cuento a alguien no se lo cree pero a mis
   casicincuenta me siguen dando lecciones sobre la vida.
«Con tu edad y no tienes nada». Intento avergonzarme
   aunque su nada sea mi todo.
Ni siquiera soy un tío con barba recorriendo el mundo
   sin dinero para luego escribir un libro sobre recorrer el
   mundo sin dinero.
Tengo algún sobrino así y cae bien.
Le dan palmadas fuertes en la espalda.

En Nochebuena le preguntan y escuchan sus respuestas.
«En todas partes me encontré con una hospitalidad que
no entiende de idiomas».

Yo soy un peluche gigante en la puerta del colegio de mi
hija,
rodeada de madres esbeltas y poseedoras de una segunda
vivienda.
Un peluche gigante que lleva de la mano a una niña.
Huele a bocadillo en papel de plata y ella dice mamá.
Está contenta y pintarrajeada.

Si se lo cuento a alguien no se lo cree, pero esto es lo que
me respondió el otro escritor de mi clase.
Éramos les úniques que nos alegrábamos si la profesora
decía:
«Abrid vuestros cuadernos. Redacción».
Cuando le volví a ver ya no tenía el pelo negro y un jersey
de señor a los doce.
Ahora es un señor auténtico, un señor de mierda, calvo y
condescendiente.
Seguramente tiene colesterol y estrés, ese traje de señor de
mierda no se financia sin colesterol y estrés.
«Bueno, qué, dime, querido, ¿sigues escribiendo?».
Si se lo cuento a alguien no se lo cree, pero esto es lo que
me respondió el otro escritor de mi clase:
«Yo solo escribo la lista de la compra que dejo cada mañana
en la encimera a la chica antes de irme a trabajar».

Jajajá.

La muerte de mi padre

Me ha venido la regla y he pensado: entonces va a hacer un
   mes.
Su último deseo fue tomarse una mahou.
Entró la enfermera que le iba a sedar: «¡Ese aliento huele a
   cerveza!».
Él bromeó: «No, no, es una manzanilla».
No se le entendía bien porque no tenía la dentadura,
como cuando nos regañaba por la noche.
Fue quedándose dormido, nos turnábamos para darle la
   mano libre,
la que no sostenía mi madre.
Qué raro es darle la mano a mi padre, pensé.
Antes de cerrar los ojos nos miró reflexivo.
Vaya, así que morirse era esto, parecía pensar.
Alguien dijo: «Ya está, ya se ha ido».
Le dimos besos en la calva, también por turnos.
Bajé con mi hermana y mi sobrino a la parte de atrás del
   Ramón y Cajal.
Éramos zombis. Zombis eficaces.
En la parte de atrás del Ramón y Cajal existe una puerta
   cochambrosa
con un letrero que dice DUELOS.
Pensé que habría gente vestida de negro, llorando,

pero era una sala pulcra,
una mesa, un ordenador, un bote con bolígrafos, un
    calendario de pared
y un tipo que nos atendió con una sonrisa.
Pensé que la sonrisa estaba fuera de contexto.
Nos explicó las opciones:
tanatorio, crematorio, responso.
Pensé que mi padre siempre me decía
que era bueno aprender los distintos campos semánticos
para ser escritora.
El hombre sonriente
nos enseñó fotos de ataúdes.
Elegimos uno de madera oscura.
«Es más elegante», dijo mi hermana.
Su hijo y yo asentimos.
Sentí una catarata en el vientre y pregunté por el baño.
Me había venido la regla.
Pensé que la regla estaba fuera de contexto.
Pero era la vida, que seguía.
Era la vida.

El abrigo de mi madre

dónde he metido el poema
sobre el abrigo de mi madre
el que escribí en el hospital
he llorado de 7:00 a 8:45
(después he tenido que ser madre yo)

el abrigo de mi madre
es beige y elegante
se lo compraron mis hermanas
la vida de mi madre
una primera persona imperial
la negrita de todas las gramáticas
ahora un pronombre reflexivo
confuso y rabioso
la tortilla francesa
se la preparo yo
la ropa
se la compran mis hermanas
las medicinas
se las trae el farmacéutico
la misa
se la ponen en el televisor

el abrigo de mi madre
es beige y elegante
yo no sé comprar ropa así
ella me llevaba a las tiendas
señorita mire esto en otra talla
cómo lo odiaba
cómo me quería
(después he tenido que ser madre yo)

el abrigo de mi madre
en mis manos
fue un poema que se ha perdido
el abrigo de mi madre
en mis manos
huele a ser hija
el abrigo de mi madre
en mis manos
en la sala de espera
del ala de urgencias
para viejitas en pijama
sentadas desaprendidas aniñadas
acompañadas de hijas
que sostienen
los abrigos de sus madres
en sus manos

En el sujetador

Sea como sea
lo voy logrando:
que haya pan para tostar al día siguiente
la mantequilla dorada
el impetuoso nacimiento del café
una hija que come lo que cocino
y crece
poco dinero por muchas palabras
pero un techo
perfume Lovely de capricho
chaqueta acogedora de necesidad
días en que no pienso en ella
de vez en cuando el mar
pechos, despechos y
mi comida favorita en los cumpleaños.
Sea como sea
lo voy logrando:
transporte público, marcas blancas y
algún día me
suscribiré al Paris Review
atravesado lo inabarcable
seducida la inconquistable
y el corazón remendado una y mil veces.

Aquí estoy,
sea como sea,
siempre con semillas en los bolsillos
y algún que otro sueño
donde guardan lo importante
las señoras.

Horizonte

Esta poeta
a quien podríamos definir
con un poco de pudor
pero qué coño
a quien podríamos definir
como una poeta del amor
—azores y vaqueras me avalan—
otea ahora
un horizonte
flamante.
Como es ama de casa piensa
un horizonte
recién tendido al sol
que gotea
—el corazón se me desboca—
todos esos sentimientos por sentir.
Como es de familia numerosa piensa
sentimientos a estrenar
no heredados de mis hermanas
mayores y delgadas
que no me quedan largos por abajo
apretados por la cintura
con las mangas dadas de sí

las tetas en pugna
justo de mi talla
sentimientos nuevos
todos para esta poeta
digamos que del amor
aunque ahora también
de la ira
tan roja y prolífica
como la sangre de su copa menstrual
del deseo
erizado suave y rosa como sus pezones
de la alegría
verde y húmeda como la hierba el matcha y las patas de las
    lobas
de la ternura
ladrona de alientos como las ocurrencias de esa a quien
    ama
de la tristeza la vulnerabilidad la valentía
de la bobería el miedo la insolencia
de la inspiración la melancolía el hambre
de la sed sí de la sed toda mía
el agua por la boca por el pelo
por las tetas que ya no pugnan
por las piernas toda mía
todos estos sentimientos
para esta poeta
a quien podríamos definir
como una poeta del amor
que otea
un horizonte
que gotea.

Invocación a la Mujer de Fuego

Tú que no vienes de un imperio entre las nubes,
de los falos sagrados que habitan los cielos.
Tú que surges de la tierra,
caverna húmeda de la que lo vivo nace,
tú que surges de la tierra
con los pezones ocultos por el barro
para agarrarme de los tobillos
marcando en ellos tu deseo candente.

Escribo para otorgar espacio a mis sentimientos,
un espacio que no existe en el mundo:
¡las que somos demasiado siempre debemos apartarnos
para que las moderadas, las discretas,
tengan la última palabra!

Tendré yo la primera, pues.

Pero ella prefirió la intemperie para mí.

Llamada a la Mujer de Fuego que llevo dentro.
He follado como un volcán y no he sentido nada.
No he sentido nada.
Te llamo para volver a notar la piel,

reúno el valor para acogerte, Mujer de Fuego:
loca, bruja, poeta, activista, excéntrica, salvaje,
apasionada,
enamorada,
la que es su propia persona,
la que escupe a las autoridades,
la que sigue a su corazón y no a un dios,
la que entiende la lengua de su Alma,
la que tiembla de furia y de Amor.

Quiero gemir de placer, abrir las piernas y deleitarme con
   mis jugos,
escapar de la crisis energética que me apaga,
que me apaga,
de esta inmadurez energética que me hace depender de
   otros poderes
en lugar de desplegar los míos.
Quiero ser una libre, una desdeñosa del mundo
que me ridiculiza, etiqueta, margina, traumatiza, viola y
   medica.
Que pretende que sea una buena chica.

El itinerario del héroe no es el mío.
Yo viajo de dentro a fuera, de fuera a dentro, a lo oscuro, a
   lo desconocido,
en busca de mi llama y guiada por mi llama
que solo es llama porque está rodeada de oscuridad.
No quiero huir de la oscuridad
por miedo
a que me confundan
con la bruja.

La bruja es mi madre.
Y la madre de mi hija.

Orgullo.

No quiero recogerme el pelo,
sonreír
y ocultar mi Alma,
no abarcar demasiado con mi cuerpo
no invadir decibelios con mi voz,
¡la completa aniquilación de mi ser!

No puedo recogerme el pelo,
pulcra,
la Mujer de Fuego ha de tirar de él con urgencia,
teñírmelo de rojo con la lava de su piel,
vestirme con el atuendo de los funerales
oficiados por escritoras.

Escribo porque es revolucionario,
porque es tomar el mando,
porque es contar mi historia.

Mujer de Fuego:
alfarera de la conciencia,
farera de los sueños,
tejedora de nuevas culturas,
partera de nuevos mundos.

Loba que aúlla la llamada del Alma.

No quiero que mi hambre me sonroje,
            que mi hambre me dé miedo,
            que mi hambre sea invisible,
porque mi hambre es sagrada,
significa que estoy viva
y conectada con mi cuerpo.
Yo como por todas
las que hicieron su estómago y su cuerpo pequeños,
¡generaciones de mujeres hambrientas
y con los bolsillos y el deseo vacíos!
Nada se interpondrá entre mi banquete y yo
y no dejaré una sola migaja.

Todo venía del mismo lugar:
Poemas, lasañas y periplos.
Me dijo: no quiero nada que proceda de allí,
(no
te
quiero
a
ti).

Y aun así yo la cuento entre mis bendiciones.

No convertiré mi ira en tristeza
ni mi tristeza en sonrisa
y mi cuerpo enorme
bloqueará la puerta
para que no pueda entrar
la vergüenza
que seca los coños,

la saliva de la boca
y los aromáticos
pliegues de mi carne.

Las épocas oscuras
serán campos de entrenamiento para el Alma,
portales de lo posible.
¡Ante mi llama arderán
todos los códigos de comportamiento,
todos los libros de leyes,
todas las preguntas con respuesta!

En lo más oscuro del invierno y del descariño
yo te llamo, Mujer de Fuego,
yo te juro por las ocho mil terminaciones nerviosas de mi
    clítoris,
Mujer de Fuego,
que encontraré siempre la manera
de tomar el camino del Amor.

No seré más
la buena chica a favor de
la rebelde en contra de
no buscaré medida en nada
salvo en mi autoridad interior,
            mi llama,
            mi propio centro.

Y mi voz será más grave
porque me habré tragado a la buena chica,
la Mujer de Fuego es voraz,
como nació tiene derecho al placer.

Vestirme con el atuendo de los funerales
oficiados por escritoras.
Se me murió en mitad del Amor,
ni siquiera yo pude evitarlo,
a lo que faltó a partir de ese día
le puse un cuerpo de tinta.

Recordaré los momentos más memorables
en los que abrí la boca:
te quiero,
te abrigo,
te escribo.

Ya tengo todo lo que necesito en mi reino.

Y ahora
llamo a la Mujer de Fuego que llevo dentro.
He follado como un volcán y no he sentido nada.
No he sentido nada.
Te llamo para volver a notar la piel,
reúno el valor para acogerte, Mujer de Fuego:
loca, bruja, poeta, activista, excéntrica, salvaje,
apasionada,
enamorada,
la que es su propia persona,
la que escupe a las autoridades,
la que sigue a su corazón y no a un dios,
la que entiende la lengua de su Alma,
la que tiembla de furia y de Amor.

Mi Amor es mi verdad
y por fin seré
la mujer con los pies en la tierra
y la mirada en el horizonte.

Nota

Una versión del poema «Cambio de planes» apareció en la memoria *Conmemoración del Día de la Visibilidad Lésbica* (Ministerio de Igualdad, Gobierno de España, 2022).

El poema «Ese lado» apareció en la antología *Si cerca hubiese un mar* (Las Lolas, 2023).

Los poemas «Hay escritoras», «Autobiográfico II», «Autobiográfico III» y «Horizonte» aparecieron en el libro *Gloria Fuertes. La poeta de los amores prohibidos* (Dos Bigotes, 2024).

IMPOSIBLE SIN
Ana Isabel Simón, las amigas de Fundación Entredós, las
Escritoras Peligrosas, Gonzalo Izquierdo y Alberto Rodríguez,
mis hermanas, hermanos y sus familias, las Históricas, Isabel
González, Librería Mujeres, mi madre, Marta Busquets, María
Matarranz, Mónica Jiménez, Nanús G. Lastra, Rebecca Calle,
mi Red Queer, Silvia Hernández, Tes Nehuén, la gente de Xega.

EN UN RETIRO DE ESCRITURA GRACIAS A
Anita Canteli y Yosune Álvarez.

IN MEMORIAM
Claire Jasinski.

Y SIEMPRE PARA
Mi hija Eyre.

ÚLTIMOS TÍTULOS
DE DOS BIGOTES

Niño santo, Luis Maura

Águilas, Fló Guerin

Inhalación profunda. Historia del popper y futuros queer, Adam Zmith

¿Cómo puedo no ser Montgomery Clift?, Alberto Conejero

Cine Crush. El cine homoerótico involuntario en nuestro despertar sexual,
  Popy Blasco

Roja catedral, Gloria Fortún

Otras flores, Xavi Reyes (ed.)

Mi autobiografía de Carson McCullers, Jenn Shapland

Beyoncé en la intersección. Pop, género, raza y clase,
  Elena Herrera Quintana

Ausencia y exceso. Lesbianas y bisexuales asesinas en el cine de Hollywood,
  Francina Ribes Pericàs

Después de Elías, Eddy Boudel Tan

Codicia, María Reimóndez

Flores para Lola. Una mirada queer y feminista sobre la Faraona,
  Carlos Barea (ed.)

Esta sí tenemos que bailarla, Nando López

Una mujer, Judith Juanhuix

Mamá, quiero ser Ziggy Stardust, Iria Misa y Alba Barreiro

El látigo y la pluma. Homosexuales en la España de Franco,
  Fernando Olmeda

Bonita Luxemburgo, Sebastián Suñé

El verano que nos queda, Giulia Baldelli

¡Larga vida al trash! El cine de John Waters como nunca te lo habían contado,
  Javier Parra (ed.)

Ocaña. El eterno brillo del Sol de Cantillana, Carlos Barea (ed.)

La última sauna del mundo, Julen Azcona

En mitad de tanto fuego, Alberto Conejero

Mireia, Purificació Mascarell

Los bordes, Angelo Tijssens

La noche en que Larry Kramer me besó, David Drake

Las «locas» de postín y El fuego de Lesbos, Álvaro Retana

Scream Queer 2. La venganza, Javier Parra

Nada es eterno salvo la Carrà. Una biografía de la italiana que conquistó el mundo, Pedro Ángel Sánchez

Flores y ruina. Antología de relatos sobre el desamor, Luis Bravo (ed.)

Lo que sé de ti, Éric Chacour

Gloria. La poeta de los amores prohibidos, Lola Lapaz (ed.)

Eloy de la Iglesia. El placer oculto del cine español, Carlos Barea (ed.)

Fucked Feminist Fans. Los orígenes del #MeToo desde la cultura pop musical, Leyre Marinas

Payaso, Luis Maura

En un mundo raro. Antología de voces LGTBIQ+ en español, VV. AA.

Adulta funcional, Gloria Fortún

La noche más clara, Marc Parera

Urraca, Urraquita, Urraquitita, Jaime Riba Arango

El Gé y De Chill. Una guía para la reducción de riesgos y daños del chemsex, Emma Demar e Iván Zaro

El pozo de la soledad, Radclyffe Hall

Te queremos dar las gracias por haber elegido el libro que tienes entre manos. Si has llegado hasta aquí, ¡esperamos que te haya gustado! Para no perderte ninguna de nuestras novedades, nos puedes ver y escuchar en Bigoteando, el videopódcast de Dos Bigotes. Estamos en Spotify, iVoox, Apple Podcasts y YouTube.

Este
libro
ha sido
compuesto
en tipografía
Crimson sobre
papel volumen
de 70 gramos
ahuesado e impreso en
el mes de mayo de 2025

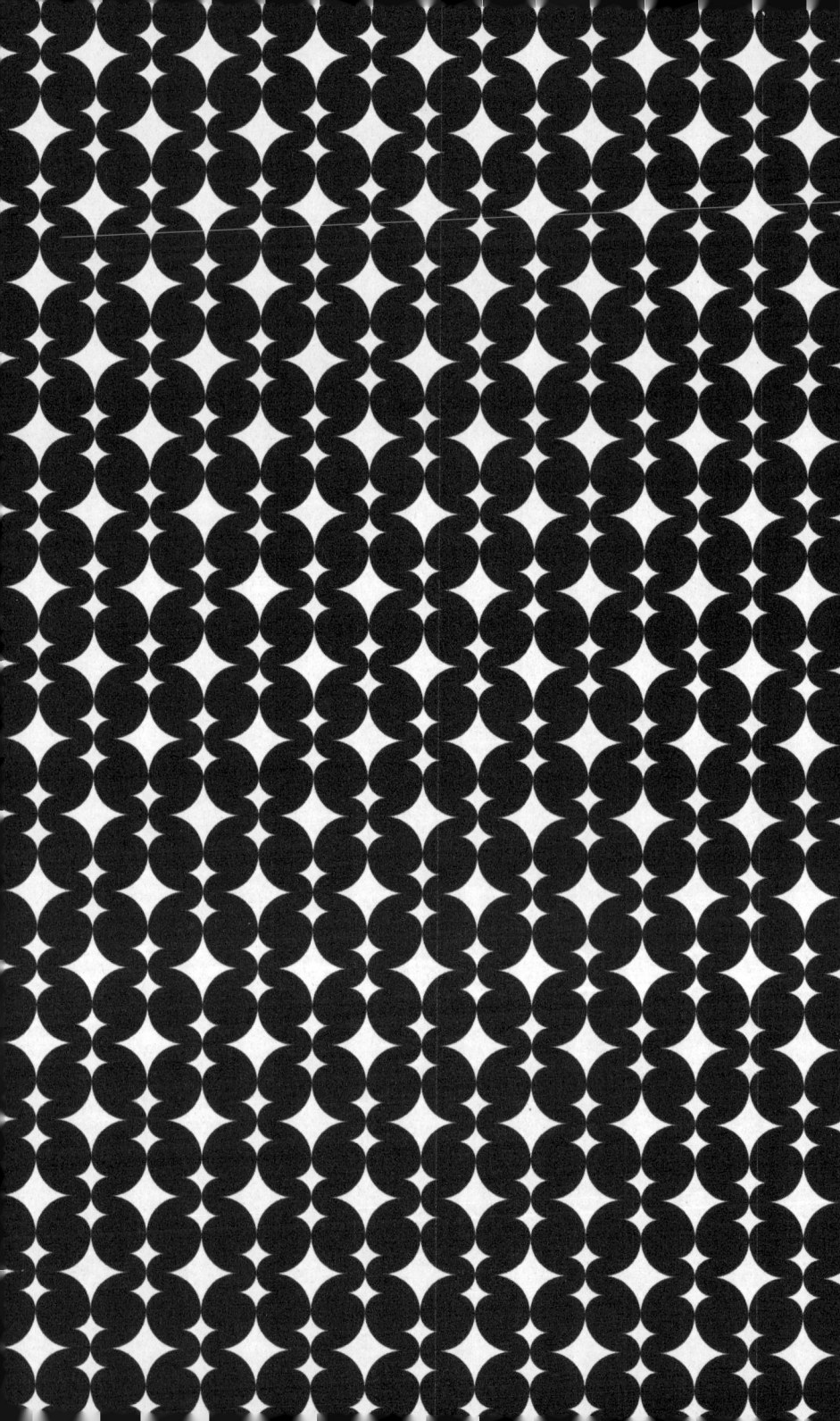